6 7 9
15 16 17
21 22 23
28 29 30 3
4 35 36 37

Copyright © 2002 by NordSüd Verlag AG, Zürich, Switzerland.
First published in Switzerland under the title *Der Regenbogenfisch lernt zählen*.

English translation copyright © 2002 by North-South Books Inc., New York.
Spanish translation copyright © 2007 by Ediciones Norte-Sur.

First published in the United States and Canada
in 2002 by North-South Books Inc., an imprint of NordSüd Verlag AG, Zürich, Switzerland.

First Spanish edition published in 2007 by Ediciones NorteSur, an imprint of NordSüd
Verlag AG. Distributed in the United States by North-South Books Inc., New York.

Library of Congress Cataloging-in-Publication Data is available.
A CIP catalogue record for this book is available from The British Library.

ISBN-13: 978-0-7358-2159-0 / ISBN-10: 0-7358-2159-3 (trade edition)
10 9 8 7 6 5 4 3 2 1

Printed in China

www.northsouth.com

MARCUS PFISTER

Traducido por Queta Fernandez

El pez arco iris
1,2,3

Ediciones NorteSur

NEW YORK

¿Cuántas  escamas amarillas
tiene el pez arco iris?
¿Puedes contar una estrella de mar
anaranjada, también?

¿Cuántas  escamas
anaranjadas tiene el pez arco iris?
¿Puedes contar dos almejas
moradas, también?

¿Cuántas escamas rojas
tiene el pez arco iris?

¿Puedes contar tres
anémonas moradas, también?

¿Cuántas ● escamas verdes
tiene el pez arco iris?

¿Puedes contar cuatro caballitos de mar amarillos y
anaranjados, también?

¿Cuántas escamas rosadas tiene el pez arco iris?

¿Puedes contar cinco caracoles azules, también?

¿Cuántas 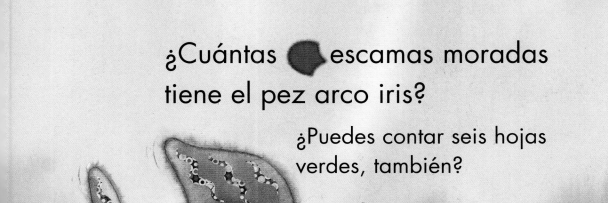 escamas moradas
tiene el pez arco iris?

¿Puedes contar seis hojas
verdes, también?

¿Cuántas ● escamas azules
tiene el pez arco iris?

¿Puedes contar
siete peces azules,
también?

¿Cuántas escamas moradas tiene el pez arco iris?

¿Puedes contar ocho plantas verdes y espinosas, también?

¿Cuántas  escamas azules
tiene el pez arco iris?
¿Puedes contar nueve cangrejos
anaranjados, también?

¿Cuántas 🐟 escamas plateadas
tiene el pez arco iris?

¿Puedes contar diez
lindas burbujas,
también?

1 2 3 4 5

11 12 13 14

18 19 20

24 25 26 2

31 32 33